Sophie's Lucky

ソフィーのねがい

ディック・キング=スミス 作
デイヴィッド・パーキンズ 絵
石随じゅん 訳

評論社

SOPHIE'S LUCKY

Written by Dick King-Smith
Illustrated by David Parkins

ソフィーのねがい——もくじ

「ほらほら、子ども騎手《きしゅ》がやってきたわ」と、
アルおばさんが言うと……（94ページ）

ソフィーのねがい

装幀／川島　進（スタジオ・ギブ）

長距離《ちょうきょり》電話

「まったく、かわいそうにねえ。あんな手術《しゅじゅつ》をされちゃってさあ」

ソフィーは、ベッドにはいったまま、黒ネコのトムボーイのおなかをなでてやっています。トムボーイは、うれしそうに、のどをゴロゴロゴロ。

もう二年ほど前になりますが、トムボーイが子ネコを四ひき、うみました。それで、ソフィーの両親は決《き》めたのです。「これいじょう、うませない」と。

そういうわけで、ソフィーの大はんたいにもかかわらず、この前、トムボーイは獣医《じゅうい》さんに連《つ》れていかれて、子どもができないようにする手術《しゅじゅつ》を受《う》けました。

トムボーイをなでながら、そのことを思い出しているうちに、ソフィーはまた、腹《はら》がたってきました。

「みんなんか、ワカランチンのアンポンタンだよ。おまえにあんなひどいことをするなんてさ。もっともっと、いっぱい子ネコをうみたかったのにねぇ」

「ネエェー」

黒ネコは、まるで返事《へんじ》をするように、こんな声で鳴きました。


ソフィーは、部屋《へや》のかべにかざった四まいの絵に話しかけました。メウシ、メンドリ、ブタ、それからシェトランドポニー。

「おまえたちには、だれにも、あんな手術《しゅじゅつ》はさせないからね。やくそくする。ハナコ、おまえはいっぱい子牛をうむんだよ。エイプリルとメイは、いっぱいヒナを育《そだ》ててね。それからハシカは、子ブタをいっぱいうんでね。チビ、おまえは……ああ、そうか、おまえはオスだね。お母さんにはなれないや」

チビはシェトランドポニーです。ポニーといえば、と、ソフィーの思いは、この前行った乗馬《じょうば》スクールへとびました。レッスン料《りょう》は、ソフィーと大《だい》・大《だい》なかよしの大《おお》・大《おお》おばさんが、プレゼントしてくれたのです。その人は、本名をアリスといいますが、家族《かぞく》のみんなから〝アルおばさん〟とよばれています。

そこまで考えて、ソフィーがガバッと起《お》きあがったので、ネコのトムボーイは、ベッドから落《お》とされました。おこったトムボーイは、しっぽをゆらゆらふりながら、ゆっくり部屋《へや》を出ていきました。

「いけない！　アルおばさんに言ってなかった」

ソフィーは、鼻《はな》の頭をこすりはじめました。これは、いっしょうけんめい考えるときのくせです。

「わかった、電話すればいいんだ！　電話で言おう。あたしがコンヤクしたってこと」

ソフィーが、学校でいちばんなかよくしているのは、アンドリューです。背《せ》のひくい、白っぽい金髪《きんぱつ》の、元気な男の子で、ソフィーはついさいきん、その子に結婚《けっこん》を申《もう》しこみました。

ソフィーの小さいころからのねがいは、大きくなったら〈女牧場《ぼくじょう》マン〉になることです。アンドリューのお父さんは、牧場《ぼくじょう》を持《も》っています。だから、ソフィーにしてみれば、アンドリューと結婚《けっこん》するのは、考えればあたりまえのことなのです。

プロポーズを受《う》けたとき、アンドリューは、テレビに気をとられていて、ソフィーから何を言われても、こんな返事《へんじ》をくりかえしていました――「ああ、いいよ」。だから、自分の運命《うんめい》が決《き》まってしまったことにも、気づかなかったのです。

さて、ソフィーが着《き》がえて下へおりていくと、ふたごのお兄ちゃんのマシューとマークは、もう朝ごはんを食べはじめていました。お兄ちゃんたちは九才で（マシューのほうが、マークより十分《じっぷん》早く生まれましたが）、ふたりにとって、人生はすべて、きょうそうのようです。何ごとも、どっちが早いか勝負《しょうぶ》せずにはいられません。今は、どちらが先にコーンフレークを食べおわるかで、むちゅうになっています。

〈コーンフレーク早食いきょうそう〉が、はげしいせりあいでおわったとき、トースターからポンと、ふたごのようなトーストが二まい、顔を出しました。たちまち、お兄ちゃんたちは、きょうそうで、トーストにとびつきました。

ソフィーは、お兄ちゃんたちの〈トースト早食いきょうそう〉がおわるまで、待《ま》ちました。このレースでは、マシューがおしくも、パンのみみひと口の差《さ》で、負《ま》けました。そして、ふたりが部屋《へや》から出ていくまで待《ま》ってから、ソフィーが口をひらきました。

「ねえ、お母さん、アルおばさんに電話をかけてもいい？」

「どうして？」

「知らせるの」

「何を？」

ソフィーは、うんざりしたようなためいきをついて、左手を上げて、くすり

指《ゆび》を見せ、

「あたしとアンドリューのことに決《き》まってるでしょ」

するとと、お母さんはにっこりして、

「それであなたは、お兄ちゃんたちが出ていくのを待《ま》っていたのね」

ソフィーは、こくりとうなずきました。

「お兄ちゃんたちには、わからないからね。まだまだオソナエだから」

お母さんは、もう一度《いちど》にっこりして、

「オサナイ、のことね」

「とにかく、答えはノーだ。スコットランドへ、今、長距離《ちょうきょり》電話をかけるのは、どうかと思うよ。この時間は料金《りょうきん》が高いからね。それに、大おばさんはお年だから、まだ、おやすみかもしれない」

お父さんにそう言われて、ソフィーは顔をしかめました。

「そんなことないよ。アルおばさんは、オリーに朝ごはんを食べさせるから、いつも早起《はやお》きだもん」

オリーというのは、トムボーイがうんだ子ネコで、お母さんそっくりの黒ネコです。ソフィーがアルおばさんにオリーをゆずってあげたおかえしに、おばさんはソフィーに、白ウサギをプレゼントしてくれました。ピンク色の目をした、いつも鼻《はな》をひくひくさせている、ウサギのビーノです。

「じゃあ、自分ではらう。今週《こんしゅう》のおこづかいを、電話代《だい》にまわしてよ」

ソフィーのことばに、お父さんとお母さんは、まじまじとむすめを見つめました。おんぼろのジーンズに、もっとおんぼろの青いセーター。セーターはだいぶきゅうくつになっていますが、白でSOPHIE《ソフィー》と書いた文字は、まだなんとか読めます。黒いモジャモジャ頭。その下の、きっぱりした顔。

お母さんとお父さんは、顔を見合わせました。

ソフィーは、小さいけれど、言いだしたらやりぬく子です。こんども、きっとふたりに勝《か》つことでしょう。

「夜ならどう？　電話代《だい》が安《やす》くなるわ」

お母さんのことばに、お父さんも、

「ああ、そうだなあ。それに、ソフィー、おまえのだいじなおこづかいは、使《つか》わなくていいよ」

「ありがと、お母さん。ありがと、お父さん」

ソフィーは、気持《きも》ちをあらわすときに、やたらに人にキスをするのはきらいです。それで、テーブルをはなれると、お母さんをぽんぽんとかるくたたき、お父さんのうでに自分の頭をすりすりとこすりつけました。

「電話代《だい》、そんなにはかからないと思うよ。アルおばさんもあたしも、ナガダマシはきらいだから」

「〝長話《ながばなし》〟って言いたかったの？」

「ああ、それでもいいよ。ともかく、省《しょう》エネは、ゼッタイウリンをすくい、動《どう》物《ぶつ》のネツメツをふせぐからね」

ソフィーは、その日一日じゅう、アルおばさんのことを考えていました。アルおばさんは、高地のてっぺんにすわっていて、まわりにいるのは赤シカと、金色ワシと、青ノウサギたち。おばさんが住《す》んでいるのは、ツタのからまる古い大きなお屋敷《やしき》で、バルナクレイグとよばれているそうです。いつか、アルおばさんが話してくれたことがありました。

「わたしは、その家で一九一一年に生まれてね、それいらい、ずっとそこに住《す》んでいるのよ。きょうだいは、おとなになるとそれぞれ結婚《けっこん》して、出ていったけど、わたしは父と母のめんどうを見るために、のこったわ。それで、ふたりとも亡《な》くなったあとは、わたしがバルナクレイグを受《う》けついだのよ」

アルおばさんのおうち、見てみたいなあ。ソフィーは今、そう思っていたところです。高地に行ってみたいなあ。高地のてっぺんに、登《のぼ》ってみたい。

「おまえも、そう思うでしょ？　ねえ、シッコ」

ソフィーは、子犬のシッコに話しかけました。小型《こがた》の白いテリアで、右目のまわりに黒いもようがあります。シッコは、そのとおりというように、しっぽをふりました。

トムボーイとビーノはソフィーのペットですが、ほんとうのことを言うと、シッコは、ソフィーのものというわけではありません。シッコは、家族《かぞく》ぜんいんのペットなのです。でもソフィーは、シッコを、自分のものと思うことにしています。それに、シッコのほうでも、ほかのだれよりもソフィーになついていました。

その夜、マシューとマークが、どこかで何かにむちゅうになっているのをたしかめてから、ソフィーは、アルおばさんに電話をかけました。

受話器《じゅわき》に耳をあてていると、おなじみの声が、高地のがけをかけおりてきます。電話線をつたわって、何百キロもはなれたところから、あっというまに声がとどくから、おどろきです。

「もしもし、アルおばさん？　あたし。ソフィー」

「ソフィーなの！　まあ、うれしいこと」

「うれしいことは、もうひとつあるの。友だちのアンドリューのこと」

「牧場《ぼくじょう》のうちの子ね？」

「そう。あたしたち、コンヤクしたの。だから、おばさんに知らせたくて」

「あら、まあ、すてきなお知らせだわ。おめでとう。ところで、あなたの牧《ぼく》場《じょう》ちょきんは、たまったかしら？」

と、アルおばさん。

この三年間というもの、ソフィーはねがいをかなえるために、ちょきんをしてきました。そして、ついさいきん、お父さんに交渉《こうしょう》して、おこづかいを、週に一ポンドに値上《ねあ》げしてもらったところです。

「九ポンドと十ペンスだったけど、今は十一ポンド十ペンス。それからアンドリューにも、毎週五十ペンスちょきんしなさいって言ってある。アルおばさん、オリーはどうしてる？」

「元気よ。あなたも、オリーに会《あ》いたいでしょうね？」

「うん。でも、どうしたら会《あ》えるかなあ？」

「この前、そちらに泊《と》まったときに、あなたのお父さんに言ったのよ。こんどの夏は、スコットランドですごすのはどうかしらって。わたしのところに何週間か泊《と》まるのは、いかが？」

アルおばさんは、そう言ったあと、あわてて受話器《じゅわき》を耳からはなしました。なぜって、何百キロもはなれたところから、電話線をつたわって、大きな大きな声がひびきわたってきたからです。

「うわあーい。やったーっ！」

ネス湖《こ》のきょうりゅう

学校の校庭《こうてい》で、ソフィーとアンドリューがおしゃべりをしています。

「あんた、スコットランドに行ったことある？」

「おぼえてない」

アンドリューがこう答えるのは、行ったことがないのに、それをみとめたくないときです。

「うちは、こんどの夏休みに、スコットランドに行くんだ」

ソフィーが言うと、アンドリューが聞きました。

「牧場《ぼくじょう》に泊《と》まるの？」

去年《きょねん》の夏休みに、ソフィーの一家がコーンウォールの牧場《ぼくじょう》に行ったことを、アンドリューも知っています。

「ちがう。アルおばさんち。高地のてっぺんにあるの」

「ヒツジ！　ヒツジがたくさんいるよ。スコッチ・ブラックフェイスっていう品種《ひんしゅ》がね」

アンドリューが、いかにもよく知っているというように、とくいになって言いました。

そこへ、男の子たちがサッカーボールを追《お》いかけて、どどっとかけこんできたので、アンドリューもなかまにはいって、行ってしまいました。ソフィーは、まわりを見まわしました。だれか、あたしの話を聞いてくれそうな子がいないかな？　なんだ、あそこにドーンがいるじゃないの。

ドーンは、年のわりに背《せ》が高く、すらりとした、金髪《きんぱつ》をきれいにゆった女の子です。まっ黒いモジャモジャ頭で背《せ》のひくいソフィーとは、ぜんぜんタイプがちがいます。

ソフィーは、いつもなら、ドーンに話しかけようなんて、思いつきもしません。けれども、ついこのあいだ、クローバー乗馬《じょうば》スクールで起《お》こったことを、思い出しました。ポニーをこわがってびくびくしているドーンをよわむしだとばかにしたソフィーは、「ほんの小さな人だすけもできないのか」と、アルおばさんに、ひどくおこられてしまったのでした。

よし、今こそ、やさしさを見せてあげよう。そう思ったソフィーは、よわむしドーンに、大声でよびかけました。

「ドーン！」

ドーンは、まるで野生《やせい》の荒馬《あらうま》に近づくように、びくびくしながら、ソフィーのそばへ来ました。

「なあに？」

「あんた、スコットランドに行ったことある？」

「コーンウォールなら、行ったけど」

ドーンは、そわそわしながら、そう答えました。

「それは、わかってるよ」

と、ソフィーは、うなるような声。ドーンとは、コーンウォールの海岸《かいがん》で、ばったり出会《であ》ったことがあります。あんまり楽しい出会《であ》いではありませんでした。

「そうじゃなくて、スコットランドはって聞いてるの」

「ないわ」

「あたしは、こんどの夏休みに行くよ」

「あ、そう」

そこへ、ダンカンがやってきました。ダンカンは、背《せ》がひくくて、ずんぐりと太った、茶色い髪《かみ》の男の子です。

ソフィーは、前に、ダンカンをしょうらい、自分の牧場《ぼくじょう》のやとい人《にん》として、はたらかせようと考えたことがありました。けれど、やとう前にクビにしました。ダンカンは、人なみはずれて食いしんぼうなので、いつもおかしを持《も》っているドーンのあとを、ついて歩くようになったからです。

「ダンカン、あんたはどう？　スコットランドに行ったことある？」

ソフィーが聞くと、ダンカンは、

「もちろん、あるさ。うちのいなかはスコットランドだもん。ねえ、ドーン、何かおかし、ちょうだい」

「ダンカンは、スコットランドふうのスカートを持《も》ってるのよ」

ドーンが言いました。

「げげっ！　でも、どうして、あんたが知ってるの？」

「前に、うちのパーティーに着《き》てきたから」

「なんのパーティー？」

「あたしのたんじょうパーティー」

「あたしは、よばれなかったね」

ソフィーが言うと、ドーンは、

「よばなかったわ」

そこへ、ダンカンが口をはさみました。

「おかし、ちょうだい」

ドーンがおかしをひとつあげると、ダンカンは、それを口に入れて、のそのそ歩いていってしまいました。

ダンカンがスカートはくなんて、おかしいねえ。ミニスカートみたいなのかなあ。ともかく、ドーンのへなちょこパーティーなんて、よばれたって行かないけどさ。中学年になって、ジュードーのじゅぎょうがはじまるのが、待《ま》ちどおしいよ。

ソフィーは、ドーンをマットの上に投《な》げつけるしゅんかんを、思いうかべました。

「ねえ、ドーン。あたし、九月になったら、ジュードーをやるんだ」

ドーンは、ソフィーの顔を見て、何を考えているのかわかったようです。目を大きく見ひらいたドーン。少し出ている前歯《まえば》。ふたつにゆった金髪《きんぱつ》が長い耳のようにゆれていて、まるで、〝がっしりした、どうもうなテンににらまれて身《み》をすくませている、やせたウサギ〟のようです。

「あんたも、ジュードーやるよね？」

さそいかけるようなテンのことばに、ウサギは、さいみん術《じゅつ》をかけられたように、よわよわしく、

「ええ……」

そう答えかけてから、あわてて言いなおしました。

「いやよ、やらない！」

その日の学校がおわるころ、子どもたちを待《ま》ちながら、ソフィーのお母さんとアンドリューのママが、おしゃべりをしていました。

「知ってます？　うちのむすめとおたくのぼうやは、結婚《けっこん》のやくそくをしたん

ですって」

「えっ、ほんとう？　それじゃあ、うちのむすこが、ソフィーにプロポーズしたのかしら？」

アンドリューのママは、わらいながら聞きました。

「ちがうと思うわ。たぶんソフィーのほうが、アンドリューに、そうしなさいって言ったんじゃないかしら。ああ、出てきたわ」

ソフィーは、アンドリューに、こう言っているところでした。

「学校がはじまってから、まだ一度《いちど》もお茶にさそわれてないよ」

「だって、まだ、はじまったばっかりだよ」

「そう。だから、まだ、一度《いちど》もさそってないでしょ？」

「たまには、ソフィーの家に、ぼくをさそえばいいじゃない？　どうしていつも、ぼくんちに遊《あそ》びに来なくちゃいけないのさ」

アンドリューがそう言うと、

「ばかだねえ。モチロン、あんたんちが牧場《ぼくじょう》だからに決《き》まってるよ。それにいつも、なんかしらの赤ちゃんがうまれてるからね。さあ、あんたのママに、あたしをお茶によぶように、言って」

それでアンドリューは、お母さんたちのところへつくなり、言いました。

「ママ、ソフィーをお茶によんでもいい？」

「きょう？」

アンドリューは、ソフィーをふりかえりました。

「きょう？」

ソフィーはうなずいて、

「ありがとう」

「いいんですか？」

と聞いたソフィーのお母さんに、アンドリューのママは「もちろん」と、うなずいて、わらいかけました。それから、ソフィーにむかって、

「きのう、うちのいちばんいいメウシが、かわいいふたごの赤ちゃんをうんだのよ。ざんねんながら、オスだったけど」

「ふたごの男の子じゃ、たいして役《やく》には立たないね。よくわかるよ」

ソフィーは、首をふりふり言いました。


アンドリューのパパが、夕方の乳《ちち》しぼりの前に、お茶を飲《の》みに家へはいってきました。ソフィーは、さっそく話しかけました。

「おじさん、スコットランドに行ったことある？」

「あるよ、ソフィー。何年も前だけどね」

「高地に行った？」

「ああ、きれいなところだよ。山も、谷も、湖《みずうみ》も。ネス湖《こ》のほとりに行ったときのことは、わすれられないよ。いったい何を見たと思う？」

「きょうりゅうだ！」

アンドリューのパパは、バードウォッチングがだいすきです。ソフィーの答えに、わらって言いかえしました。

「ちがう、ちがう。ミミカイツブリだよ。頭が黒くて、金色のかざり羽根がある、それはそれは美《うつく》しい水鳥さ。そうだなあ、きょうりゅうも見たかったけどね」

「ほんとうにいるの？」

アンドリューが聞きました。

「地元の人たちは、何頭もいるって言ってるよ。ネス湖《こ》は、とても大きな湖《みずうみ》だからね。そう、長さが四十キロ近くあるし、場所《ばしょ》によって、深《ふか》さが三百メートルもある。そんなものが住《す》んでいても、おかしくないところだよ」

「そんなものって？」

「たとえば首長竜《くびながりゅう》とか」

「げげっ！　見たいなあ」

「スコットランドへ行くの？」

アンドリューのママが聞きました。

「そう。夏休みに」

「夏休みがおわったら、ソフィーもアンドリューも、幼児《ようじ》クラスはそつぎょうね。中学年になるのよ」

「そう。あたし、ジュードーならうんだ。でも、やっぱり、牧場《ぼくじょう》のじゅぎょうはやらないんだって。お兄ちゃんたちが、そう言ってた。アンドリューはいいなあ。あたしも、牧場《ぼくじょう》に住《す》みたかったよ」

「大きくなったら、牧場《ぼくじょう》の人と結婚《けっこん》すればいいじゃない」

アンドリューのママが言うと、ソフィーはうなずいて、

「そうする。ねえ、おばさん、ケーキおかわりしてもいい？」

牧場経営者《ぼくじょうけいえいしゃ》とそのおくさんは、目の前のふたりの頭を見くらべていました。ひとりは、まっ黒いモジャモジャ頭。もうひとりは、白に近い金髪《きんぱつ》。どちらも

お皿《さら》のケーキにかぶりついています。

アンドリューのパパとママは、顔を見合わせて、そっとわらいあいました。

その夜、ソフィーの部屋《へや》に、お父さんが「おやすみ」を言いに来たとき、ソフィーは聞いてみました。

「お父さん、バルナクレイグは、スコットランドのどこにあるの？」

「ドラモホタ一峠《とうげ》の近くだよ。グランピアン山脈《さんみゃく》の中だ」

「ネス湖《こ》まで、どれぐらい？」

「さあ、直線距離《ちょくせんきょり》にして三十キロぐらいかな？　じっさいに行くとなると、百五十キロぐらいの道のりだよ」

「アルおばさんのところに行ったときに、行ける？」

「きょうりゅうを見に行きたいのかい？」

「そう。むこうでも、あたしたちに会《あ》うのを楽しみにしてるらしいよ」

「え？　なんで？」

「だって、アンドリューのパパが言ってた。そのきょうりゅう、〝首を長くしてる〟って」

あぶない！

もちろんソフィーは、黒ネコのトムボーイと子犬のシッコにも、スコットランド旅行《りょこう》の話をしました。トムボーイは、たしかにその話に興味《きょうみ》があるように見えました。だって、むすこのオリーが住《す》んでいるところですから。

「だいじょうぶ。おまえからヨロシクって、オリーに言っとくよ」

と、ソフィーは、トムボーイに話しかけました。

子犬のシッコは、みんなといっしょに連《つ》れていくことになりました。ソフィーが、とことんこだわって、お母さんとお父さんにこう言ったからです。

「シッコが行けないなら、あたしも行かないからね。あたしもいっしょに、ペットホテルにあずけてよ」

ソフィーは、ウサギのビーノにも、旅行《りょこう》の話を聞かせたいと思いました。だって、ビーノは、アルおばさんからのプレゼントですから。それなのに、大きな白ウサギのビーノは、ピンク色の目をみはって、ただソフィーを見つめるばかりでした。ビーノのことを、ほんの少しでもばかにしたくはないけれど、ビーノとの会話は、どちらかと言えば、一方通行でした。

ネコのトムボーイは、ソフィーが話しかけると、ゴロゴロいったり鳴いたりして、返事《へんじ》をします。子犬のシッコは、ソフィーがうれしそうな声を出すと、しっぽをふったり、ワンワンほえたりして答えます。

けれども、ウサギのビーノは、いつでも、ただ鼻《はな》をひくひくさせるだけです。ビーノがなんにも言わないから、いつでも、ソフィーがひとりで、ふたり分、話しています。

ある土曜日の午後、ソフィーは庭《にわ》の物置《ものおき》で、長い時間をかけて、ビーノの小屋《こや》の大そうじをしました。そのあいだじゅう、あちこち歩きまわるビーノを相《あい》手《て》に、ソフィーはペチャクチャしゃべりかけていました。

さて、そうじはぜんぶ、おわりました。水入れもエサ入れもいっぱいです。ペットフードを入れたわきには、おいしそうなニンジンが一本。床《ゆか》には、新しいオガクズ。

ソフィーは、腰《こし》に手をあてて、〈女牧場《ぼくじょう》マン〉のたまごらしい目つきで、ウサギのようすをじっとながめました。

「ねえ、おまえ。少し太りすぎのようだね。このごろ運動《うんどう》をしていないから」

ビーノがソフィーの家にやってきたころは、ビーノに引きづなをつけて、さんぽさせようとしました。牧場《ぼくじょう》ちょきんを使《つか》って、すてきな青い首輪《くびわ》と引きづなを買ってあったのです。もともとはトムボーイに買ったのですが、ネコにはきらわれたので、ウサギ用に使《つか》いました。

夏のあいだは、芝生《しばふ》に打《う》ちこんだ鉄《てつ》くぎに、引きづなをむすびました。するとビーノは、ぐるぐるまわりながら、しあわせそうに草を食べていました。

子犬のシッコが、みんなのところにやってきたとき、ソフィーは、首輪《くびわ》と引きづなを家族《かぞく》に売って、十五ペンスもうけました。シッコは、家族《かぞく》みんなの犬で、ソフィーだけのペットではありませんから。

「あれを、ちょっと借《か》りようか。シッコは、もんくを言わないと思う。そうして、庭《にわ》の中を楽しくさんぽしようよ。暗《くら》くなる前に」

ビーノをさんぽさせるといっても、じっさいには、ビーノにソフィーがさんぽさせられるのです。ビーノは、自分の行きたいほうへしか進《すす》みません。大きくて力が強いので、ソフィーを庭《にわ》じゅう引っぱりまわして、今も、マシューとマークを大わらいさせました。

ふたごのお兄ちゃんのマシューとマークは、暗《くら》くなりかけた芝生《しばふ》で、まだサッカーごっこをして遊《あそ》んでいます。ゴールのかわりに、両《りょう》がわに二本ずつ竹の棒《ぼう》がさしてあります。

きゅうに、ビーノがサッカー場をよこぎって、走りだしました。ソフィーはどうすることもできずに、引きずられていきます。

ちょうどそのとき、ふたりのどちらかが、ゴールをねらってシュートを打《う》ちました。ボールがとんできて、まともにソフィーの頭にぶつかりました。ソフィーは、いっしゅん、ぐらっとよろめき、ひざをついて、思わず引きづなを手ばなしました。

「ごめん、ソフィー！」

シュートを打《う》った選手《せんしゅ》があやまり、

「わざとじゃないよ！」

ゴールキーパーもさけび、ふたりそろって、しんぱいそうにソフィーをのぞきこみました。

「泣《な》くなよ」

ふたりが言うと、

「泣《な》かないよ」

と、ソフィー。ソフィーは、泣《な》くのがきらいです。

「だいじょうぶか？」

ソフィーは、頭をふってみて、

「くらくらする」

「家にはいったほうがいいよ」

と、マークが言い、

「いすにすわったほうがいいよ」

と、マシューが言いました。

そうして、ふたりでソフィーのわきをかかえて立たせ、サッカー場をあとにしました。


「お母さーん！　ソフィーがたいへん！」

ふたりは、何がおこったか、説明《せつめい》をはじめました。マークは、ボールをけっ

たのは自分だと言い、マシューは、マークはわざとソフィーをねらったんじゃない、と言いました。ソフィーは、少し頭がいたい、と言い、お母さんは、ソフィーはしばらくソファーに横《よこ》になったほうがいい、と言いました。

ソフィーは、言われたとおりにしました。

しばらくして、たいへんなことを思い出したのです……ビーノ！

ボールがぶつかったひょうしに、ソフィーは、手から引きづなをはなしました。だから、ビーノはまだ庭《にわ》にいます。もう暗《くら》くなったというのに。

ソフィーは、ピョンと立ち上がって大声をあげました。

「さがさなくちゃ！　いそいで！」

「何を？」

みんなが聞きました。

「ビーノ！　庭《にわ》に、はなしっぱなしなのっ」

そう言って、ソフィーはとびだしていきました。

「あなたたち、いっしょに行ってあげて。わたしは門がしまっているか、見てくるわ。そのあと、わたしもさがしに行くから」

お母さんが言いました。

庭《にわ》はもう、すっかり暗《くら》くなっています。みんなは、かいちゅうでんとうをつけて、さんざんさがしました。芝生《しばふ》も、花《か》だんも、菜園《さいえん》も、やぶの中も……どこにもビーノのすがたは、ありません。

「物置《ものおき》の小屋《こや》にもどったんじゃない？」

お母さんが言いました。けれど、いませんでした。かいちゅうでんとうの明かりにてらされて、ウサギの小屋《こや》は、すばらしくきれいでしたが、からっぽでした。ビーノは、かげもかたちもありません。

「門はしまってたんでしょ、お母さん？」

ソフィーが聞きました。

「ええ」

「それなら、庭《にわ》のどこかにいるはずだよね」

「もちろん、そうよ。見つかるわよ、しんぱいいらないわ。さあ、お茶にしましょう。肌《はだ》ざむくなってきたわ。ひと休みしてから、もう一度《いちど》さがすことにしましょう。そのころには、かくれている場所《ばしょ》から出てくるわよ、きっと」

ソフィーは、お茶も食べものも、口に入れませんでした。

「あたしは、いらない。ビーノは、なんにも食べられないんだから」

お茶のあと、五人は――お父さんもゴルフの練習《れんしゅう》から帰ってきました――だいぶさむくなってきたのでコートを着《き》て、もう一度《いちど》さがしましたが、見つかりませんでした。

とうとう、みんなは――少なくとも四人は――あきらめました。でも、ソフィーは、できれば夜じゅうかかっても、さがしぬくつもりでした。すると、こんどだけは、お母さんとお父さんが、ソフィーよりも、言いだしたらやりぬくところを見せて、「もう、ベッドにはいりなさい」と、言いました。

「今夜《こんや》はもう、どうしようもないわ。さあ、いい子だから、ベッドにはいって、あたたかくして、おやすみなさい」

そう言われても、ソフィーは、

「そんなことできないよ。ビーノが、さむい外にいるっていうのにさ」

ベッドにはいっても、長いあいだ、ソフィーはねむれませんでした。けれども、やはり疲《つか》れきっていたのでしょう、いつのまにか、深《ふか》いねむりに落《お》ちていきました。

つぎの朝、ソフィーは、心のどこかがいたいような気がして、早くから目がさめました。起《お》きあがったしゅんかんに、何が起《お》こったかを思い出して、ベッドからとびだし、まどべに走りました。

あたりは、ようやく明るくなりかけていて、芝生《しばふ》に白く霜《しも》がおりているのが見えました。けれども、芝生《しばふ》の上には、大きな白い体《からだ》で、よたよた歩くウサギのすがたは、ありませんでした。庭《にわ》には、動《うご》くもののかげは、何もありません……でも、あれは？……なんだろう？

何かが動《うご》いています。庭《にわ》のさかいのへいの上。動物《どうぶつ》です。小さな犬か、大きなネコぐらいの動物《どうぶつ》。へいの上を歩いていると思ったら、立ち止まってすわりこみました。物置《ものおき》のほうを見下ろしています。

やがて、あたりが少しずつ明るくなってきたので、赤っぽい毛の色と、とがった顔、ふさふさしたしっぽが見えました。キツネだ!!

ソフィーが、どうしようかと考えるまもなく、もうひとつの動物《どうぶつ》がすがたをあらわしました。白い動物《どうぶつ》です。物置《ものおき》の下から、ウサギのビーノが出てきたのです。きっとそこで、ひと晩《ばん》、あたたかくすごしていたのでしょう。

ビーノは、青い首輪《くびわ》をつけて、芝生《しばふ》へピョンピョン出てきました。青い引きづなを後ろに引きずって、霜《しも》のおりた芝《しば》のにおいをフンフンとかいでいます。ひと足とぶごとに、見まもるキツネのほうに近づいていきます。

「あぶない、ビーノ！　そっち行っちゃだめ！」

ソフィーは、声をはりあげました。けれども、まどにはまった二重《にじゅう》ガラスが、ソフィーの声を消《け》してしまいました。キツネは、へいから、すべるようにおりていきます。自分のほうに近づいてくるウサギを、ひたと見さだめながら。

そのときです。三番めの動物《どうぶつ》が、〝舞台《ぶたい》〟にすがたをあらわしました。黒い動物《どうぶつ》です。おこっています。赤い、ふさふさしたしっぽの動物《どうぶつ》が、無断《むだん》で自分の庭《にわ》にはいりこんだのです。そのすがたを見、くさいにおいをかいだ黒ネコのトムボーイは、怒《いか》りくるっていました。

耳をぴったりねかせ、背中《せなか》を弓なりにしなわせ、体《からだ》じゅうの毛を逆立《さかだ》てたと思うと、シューシューうなり声をあげながら、キツネにとびかかっていきました。たちまちキツネは、さっとしっぽをひるがえし、へいをとびこえて、にげていきました。

ふたごのお兄ちゃんのマシューとマークは、ソフィーがあげた大声にも気づかず、ねむっています。けれども、お母さんとお父さんは、ソフィーの声で日曜の朝寝《あさね》をじゃまされて、まどから外を見ました。

するど、パジャマの上にガウンをはおったソフィーが、室内用のスリッパのままで、ウサギのビーノに引っぱられながら、物置《ものおき》のほうへ行くのが見えました。ビーノは、きれいにそうじされた小屋《こや》と、もと夕ごはんだった朝ごはんへとむかっていきます。

その後ろを、まっ白い霜《しも》の上に、黒い体《からだ》をシルエットのようにうきあがらせて、ソフィーのネコのトムボーイが、胸《むね》をはって歩いていきました。勝《か》ちほこったしるしに、しっぽを高く上げて。

アルおばさんの牧《ぼく》場《じょう》?

朝ごはんのテーブルで、ソフィーがみんなに言いました。

「ねえ、みんな見たでしょ！　トムボーイは、トラみたいに強かったよ。あのよぼよぼギツネを、トッパラッタんだからさあ」

「〃追《お》っぱらった〃と、言いたかったのかい？」

と、お父さん。

「つまり、キツネはキモオコヤシタよね」

「〃肝《きも》をひやした〃ってこと？」

「どっちでもいいよ。キツネは、ぎょっとして、にげたってこと」

ふたごのお兄ちゃんたちでさえ、〈コーンフレーク早食いきょうそう〉のとちゅうで、かきこむスプーンを止めて、声をあげました。

「トムボーイ、すごいぞ」

これはマシューで、

「ビーノ、よかったな」

こちらはマーク。

「ネコがウサギをたすけるなんて、おかしなものね」

お母さんが言うと、お父さんも、

「何か、ごほうびをやらないとな。何かおいしいものでも。トムボーイの好物《こうぶつ》は、なんだろう？」

「魚だね。魚がだいすきだよ」

と、ソフィー。

「なんの魚？」

そこへ、マシューが〈コーンフレーク早食いきょうそう〉に勝《か》ち、さいごのひと口をごくんと飲《の》みこんで、声をあげました。

「わかった！」

するとマークも、さいごのひと口を飲《の》みこむが早いか、声をあげました。

「おれも、わかった！」

それから、ふたりいっしょに、歌うように言いました。

「ニシンのトマトソース煮《に》！」

「げげっ！」

それは、ソフィーのだいきらいな料理《りょうり》です。

「まったく、ワカランチンのアンポンタンだねえ」

思わずそう言いましたが、いつものようにプンプンおこってはいません。

「ニシンのトマトソース煮《に》は、ペットのショクギョウにはむかないよ」

「ショクギョウにむかないって？」

お母さんが聞くと、

「食用にむかない、だろ」

と、お父さん。

「ねえ、お母さん。白身《しろみ》のお魚、ある？」

「冷凍《れいとう》のがあるわ。よかったら、トムボーイにひと切れあげてもいいわよ」

「たったひと切れ？　けちだねぇ」

「じゃあ、ふた切れいいわ」


それから、しばらくあと——

物置《ものおき》で、ソフィーがトムボーイに話しかけています。

「ごめんね。これだけしか、もらえなかったよ」

そうして、トムボーイをなでながら、話しつづけます。

「お父さんのいすのクッションの下に、そーっと入れといたの。日曜版《ばん》の新聞《しんぶん》を読むあいだじゅう、お父さんがこの上にすわっててくれたから、ちょうどよくとけてるでしょ」

ソフィーは、すわって、ネコのトムボーイが魚を食べるようすを見まもっていました。それから、ウサギのビーノを小屋《こや》から出して、また、首輪《くびわ》と引きづなをつけました。お兄ちゃんたちは、友だちと外へ遊《あそ》びに行ったから、サッカーボールがとんでくるしんぱいは、ありません。

「それから、あのよぼよぼギツネのことも、しんぱいしなくていいよ。しばらくは、もどってこないだろうね」

ソフィーは、ウサギに言い聞かせました。

お日さまがよく当たって、霜《しも》はすっかり消《き》えました。空気の中に、春が、すぐそこまで来ているようなにおいがします。

ウサギのビーノも、それを感《かん》じとったのでしょう。ピョンピョンと元気よくとびはねています。子犬のシッコも、うれしそうにほえています。黒ネコのトムボーイは、日だまりに寝《ね》そべって、口のまわりについた魚のかすを、ぺろぺろなめています。

しばらくして、ソフィーは、ビーノの引きづなをベンチの脚《あし》にむすんで、そこにこしかけました。シッコが、となりにとび乗《の》りました。

ソフィーは、三びきのペットたちを、かわるがわるながめました。こんなすてきなペットにかこまれて、なんてしあわせなんだろう。

ソフィーは、シッコの耳のつけねをかいてやりながら、話しかけました。シッコは、ここをかいてもらうのがだいすきです。

「でもさあ。ほんとはもうひとつ、飼《か》いたいものがあるんだ。あしが四本で、ひづめがあって、たてがみとしっぽがあるもの。それで、乗《の》ったりできるの。〝ポ〟ではじまる三文字だよ。なんだかわかる？」

シッコの答えは、ワンワンワン。

「おまえならわかると思ったよ。自分のポニーが飼《か》えたらいいなあ。でも、そんなねがい、かなうわけないよね」

ちょうどそのとき、黒ネコのトムボーイが起《お》きあがって、伸《の》びをしました。

そうして、ぶらぶらと芝生《しばふ》をよこぎり――右から左へ――ソフィーのいるベンチの前にやってきました。ソフィーは、シッコにむかって、そっと言いました。

「見た？　黒ネコが右がわから近づくときは、いいことがあるんだって。アルおばさんが、ずっとむかし、教えてくれたよ」

ビーノを小屋《こや》の中にもどすと、ソフィーはとことこ、お母さんをさがしに行きました。

「ねえ、お母さん。あたしは乗馬《じょうば》の素質《そしつ》があるって、メグ・モリスさんが言ったよね」

メグ・モリスというのは、クローバー乗馬《じょうば》スクールの経営者《けいえいしゃ》です。それから、トムボーイがうんだ子ネコのうち、たった一ぴきのメスだったドリーの飼《か》い主《ぬし》でもあります。

「そうよ、ソフィー。乗馬《じょうば》がうまいわ」

と、お母さん。

「だからね、いつか、自分のポニーが飼《か》えると思う？」

「〈女牧場《ぼくじょう》マン〉になる前にってこと？」

「そう。まだわかいうちに」

「はっきり言ってほしい？」

「うん」

「むりね」

「あぁ」

「まず第一《だいいち》に、ポニーを飼《か》う場所《ばしょ》がないわ。つぎに、ポニーはすごく高いのよ。それに、買うだけでなく、飼《か》いつづけるのにもお金《かね》がかかる。だからね、わるいけど、ソフィーちゃん、その考えは、わすれたほうがいいわ」

お母さんのことばに、ソフィーはうなずきました。

「ちょっと聞いてみただけだから」

「いいことがあるわ。もうすぐイースターのお休みでしょ。学校が休みのあいだに、メグ・モリスさんのところでポニーに乗《の》れるようにしましょう。それぐらいのお金《かね》なら、出せると思うわ。どう？」

「うん。おねがい！」

そう言って、ソフィーは、お母さんの体《からだ》をぽんぽんたたきました。これは、ソフィーの「ありがとう、うれしい」という気持《きも》ちをあらわしています。

「アルおばさんの家の近くにも、乗馬《じょうば》スクールがある？」

「さあ、どうでしょうね」

「アルおばさんは、たぶん、自分のポニーを飼《か》っていたんだよ。フリスクっていう名前。でも、一九二〇年のことだから、もう死《し》んじゃったね」

ソフィーのお母さんは、ほほえんで言いました。

「バルナクレイグには、馬やポニーがいたんでしょうね。そういえば、馬小屋《ごや》があったと思うわ。上が、小さな白い時計台《とけいだい》になった馬小屋《ごや》。わたしたち、新《しん》婚旅行《こんりょこう》でスコットランドへ行ったのよ。それで、アルおばさんのおうちにも寄《よ》ったの。牧場《ぼくじょう》を歩いてまわったわ」

「牧場《ぼくじょう》って、どこの？」

「アルおばさんの」

「えっ！　アルおばさん、自分が〈女牧場《ぼくじょう》マン〉だなんて、一度《いちど》も言わなかった！」

ソフィーが言うと、

「そうじゃないもの。牧場《ぼくじょう》の土地はアルおばさんのものだけど、おとなりに貸《か》してるのよ。そのむかしは、アルおばさんのお父さんが、ハイランド・キャトルを飼育《しいく》していたんでしょうね、きっと」

「本で見たことある！　モジャモジャの長い毛が生《は》えてる牛でしょ。長い角《つの》があって、毛の色はきれいな金色」

と、自分もモジャモジャ頭のソフィーが言いました。

「そのとおり」

「アルおばさんの牧場《ぼくじょう》って、どれくらい広いの？」

「さあ、よく知らないけど、スコットランドでは小さいほうじゃないかしら」

「あと何日したら、あたしたち、スコットランドに行くの？」

「ああ、まだまだ三か月もあるわよ。しんぼうづよく待《ま》つのね。古い詩《し》にもあるでしょ。

しんぼうするのは　よい子
よい子は　グレース《しとやか》
グレースちゃんったら　女の子
ちっとも顔をあらわない　女の子」

グレースって子、ドーンよりましだね。ドーンは、一日じゅう顔をあらっているよ、きっと。ソフィーは、そう思いました。

そうして、鼻《はな》の頭をこすってから、言いました。

「ねえ、お母さん。あたしがおとなになったら、アルおばさんの牧場《ぼくじょう》、あたしに貸《か》してくれるかなあ？」

「ソフィーおじょうさん、あなたはまだ八才にもならないのよ。アルおばさんは、この秋で八十三才。だから、たとえば、あなたがおとなになるのが、そうね、二十才として、アルおばさんは……ええと……九十五才だわ！」

と、お母さんが言うと、ソフィーは、

「それなら、だいじょうぶ。アルおばさんは、百才まで生きるって言ってたからね」

〝高地のてっぺん〟へ

イースターの休みになりました。ソフィーはさっそく、お母さんに、やくそくを思い出させることにしました。

休みにはいったさいしょの日の朝ごはん前に、お母さんに話しかけました。

「今日、乗馬《じょうば》スクールに電話してくれる?」

「乗馬《じょうば》スクールって?」

「ほら、クローバー乗馬《じょうば》スクールだよ。お母さん、言ったでしょ?」

「ああ、そうね」

お母さんは、そう言って、朝ごはんのあとに電話をかけてくれました。

ソフィーは、お母さんが電話で話しているのをわざと聞かずに、べつの部屋《へや》で、人さし指《ゆび》と中指《ゆび》をかさねるおまじないをして、じっとしていました。そうして、受話器《じゅわき》を置《お》く音が聞こえたとたんに、お母さんのところへとびこんでいって、聞きました。

「どうだった？」

「ええ。メグさんは、とてもいそがしそうだったわ。〝一日ポニー教室〟のじゅんびですって」

「それ、なんなの？」

と、ソフィー。

「乗馬《じょうば》スクールでやるイベントよ。はじめは〈馬の手入れコンテスト〉。それから、自分の足で歩いて宝《たから》さがし。クイズ。乗馬《じょうば》教室。外でおべんとうを食べて、午後からは〈子ども馬術競技《ばじゅつきょうぎ》〉ですって。そんなイベントに参加《さんか》できる子って、ラッキーよねぇ」

「そうだねぇ」

「そう、あなたも、そのラッキーな子よ」

「やったあー！　ヒッヒーン！　お母さんって、サイコー！」

〝一日ポニー教室〞は、ソフィーにとって、すばらしい一日になりました。参加者《さんかしゃ》は、ほかに女の子が九人と、男の子が三人。メグ・モリスは、ぜんいんにゼッケンをくばりました。ソフィーは十三番です。

午前中は、あんまりいいことがありませんでした。参加《さんか》した子どものうちの何人かは、ソフィーよりずっと年上だったので、たいていの子が、〈馬の手入れコンテスト〉のときに、ソフィーより高いところまで手がとどきました。宝《たから》さがしでは、ソフィーより速《はや》く走れました。それからクイズでも、むずかしい問題《もんだい》にソフィーよりたくさん答えられました。

ところが、午後はちがいました。

家に帰ると、みんなが、ソフィーがどうだったのか、聞きたがりました。

「おまえ、賞《しょう》とったの？」

マークが聞くと、ソフィーはこっくり。

「なんの賞《しょう》？」

マシューが聞くと、ソフィーは、

「子ども馬術競技《ばじゅつきょうぎ》」

「何、それ？」

「ポニーに乗《の》ってする、スポーツ大会みたいなものよ」

お母さんが、説明《せつめい》しました。

「何をもらったんだい？」

お父さんが、聞きました。

「ああ、ただのバラかざり」

ソフィーは、さりげなく、そう言いました。

「へえ。何色の？」

「色に、なんのかんけいがあるの？」

ふたごのお兄ちゃんたちが、聞きました。

「一等《とう》、二等《とう》、三等《とう》、四等《とう》って、色によってちがうんだよ。何等《とう》が何色かは、よくおぼえてないけどね。おい、ソフィー、教えてくれよ」

お父さんに聞かれて、ソフィーが答えました。

「緑《みどり》が四等《とう》、黄色が三等《とう》、青が二等《とう》、そうして、赤が一等賞《とうしょう》」

「へえ。それじゃあ、おまえのは何色なの？」

みんなが聞きました。

ソフィーは、顔じゅうにこにこさせて、ポケットから、まっ赤《か》なバラかざりを取《と》り出して、見せました。

ソフィーが春の〝一日ポニー教室〟で優勝《ゆうしょう》を勝《か》ちとったように、ふたごのお兄ちゃんたちは、夏のスポーツ大会で、いつものようにかつやくしました。

ふたごのマシューとマークは、いつでも、ふたりでトップあらそいをしています。そうしていつものように、どの競技《きょうぎ》でも、ほかの子どもたちをぬいて、ふたりがトップになりました。

ソフィーは、かけっこが速《はや》くありません。たった一度《いちど》だけ、五才のときの幼《よう》児《じ》クラスのスプーンレースで、一等《いっとう》になったことがありましたが。

今年《ことし》のスポーツ大会では、いっしょうけんめいがんばったにもかかわらず、ひとつも入賞《にゅうしょう》できませんでしたが、ソフィーは、がっかりしませんでした。〝一日ポニー教室〟の〈子ども馬術競技《ばじゅつきょうぎ》〉で、優勝《ゆうしょう》の赤いバラかざりをもらったから、それでまんぞくです。ソフィーは、赤いバラかざりを、部屋《へや》のかべのシェトランドポニーの絵の下に、はがせるテープではりつけました。そうして、メウシのハナコと、メンドリのエイプリルとメイと、ブタのハシカの絵に、こう言いわけをしました。

「ごめんね、みんな。これは、乗馬《じょうば》でもらった賞《しょう》だからさ。乗馬《じょうば》といっても、ポニーだけどね」

ソフィーはスポーツ大会のことは、あんまり気にしていませんでした。今のソフィーの頭は、アルおばさんの家に行くことでいっぱいなのです。ようやく、あとほんの何日かで学校がおわって、夏休みがはじまる！

出発《しゅっぱつ》が近づいたある日のこと、お父さんが、ドライブ用の道路《どうろ》地図をひろげて、行き先をみんなに見せました。

「ずいぶん遠いよ。二日《ふつか》がかりだな」

「何キロあるの？」

「千キロぐらい」

みんなが聞くと、

「時速《じそく》六十キロで走ると……」

マシューが言いかけると、

「……やく十七時間」

と、マーク。

ソフィーは、地図をたどるお父さんの指《ゆび》を、じっと見つめました。イギリスのいちばん下あたりから、スコットランドのいちばん上あたりまで。

「ばかばかしい。スコットランドまで行くのに、六十キロのスピードが出せるわけないよ。見ればわかるじゃない。高地のてっぺんまでは、ずっと登《のぼ》り道なんだからね」

と、ソフィーが言うと、

「そうじゃないよ。南から北へ行くってこと」

「だから、やっぱり登《のぼ》るんでしょ。だって、地図を見たって、下から上に行くじゃない」

この問題《もんだい》について、どんなに説明《せつめい》されても、ソフィーの考えはかわりませんでした。そして、車に乗《の》りこみ、長いドライブがはじまると、何分おきかに、何度《なんど》もくりかえすのでした。「帰りは楽だよ。ずっと下りだから」と。

一家の車が、ようやくバルナクレイグについたとき、ソフィーはシートベルトをしめたまま、ぐっすりねむっていました。

「ソフィー、起《お》きなさい。ついたよ」

みんなが、声をかけました。

目をあけて見ると、車は灰《はい》色の大きな建物《たてもの》につづく砂利道《じゃりみち》をあがったところでした。その建物《たてもの》には、細長いまどがたくさんあって、石のかいだんをのぼった先には、どっしりしたカシの木の玄関《げんかん》ドア。そのドアがひらくと、よく知っているすがたがあらわれました。

アルおばさんは、小鳥のような細い足で石段《いしだん》をおりてきました。そして、お母さんとお父さんをキスでむかえ、お兄ちゃんたちを、ぎゅっとだきしめました。ソフィーはさいごです。

アルおばさんは、きらきらした青い目で、ソフィーの顔を見ました。小鳥のくちばしのような鼻《はな》は、前よりもっと、小鳥に似《に》てきたようです。おばさんは、ソフィーがキスされたり、だきしめられたりするのがきらいなのを知っているので、小鳥のつめのようなほっそりと骨《ほね》ばった手をさしだしました。ソフィーが、その手をにぎりました。

「いらっしゃい、ソフィー」

と、アルおばさん。

「こんにちは」

と、ソフィー。

そうして、ふたりは、にっこりわらいあいました。

バルナクレイグについた日、こどもたちは、古い屋敷《やしき》の中をたんけんし、いくつもある、てんじょうの高い、暗《くら》い部屋《へや》を見てまわりました。屋根《やね》うら部屋《べや》にもあがりました。屋根《やね》うら部屋《べや》は、屋根《やね》の長さだけつづいています。急《きゅう》なスレート屋根《やね》の上には、小さな塔《とう》や、かわったかざりがたくさんついていました。

外には、時計台《とけいだい》のある馬小屋《ごや》がありました。中は二列《れつ》になっていて、鉄板《てっぱん》を打《う》った木でしきられています。

木戸の上に書かれた名前のうち、いくつかは、まだかろうじて読みとれました。メジャー、スターライト、ダッチェス……それから、フ、リ、ス、ク。この文字を見て、ソフィーはうれしくなりました。

馬小屋《ごや》には、今は馬のすがたはありません。丸石をしいた床《ゆか》をふみしめる、ひづめの音もしません。でも、においがする。ソ、フ、ィ、ーは、そう感《かん》じました。かすかにただよう、馬と、干《ほ》し草と、皮《かわ》の馬具《ばぐ》のにおい。

その夜、アルおばさんが、ソフィーに「おやすみ」を言いに来てくれました。この休みのあいだは、小さな屋根《やね》うら部屋《べや》がソフィーの部屋《へや》です。

ソフィーは、アルおばさんに言いました。

「アルおばさん、自分が〈女牧場《ぼくじょう》マン〉だって、言ってくれなかったね」

「あら、だって、わたしはちがうもの。牧場《ぼくじょう》は、おとなりのグラントさんに

読者から絶賛の声続々

- 「読み始めると止まらなくなって、一気に読みました。このシリーズ、絶対全部買います!」(15歳・男性・高校生)
- 「久しぶりに魂をすくいとられる思いがいたしました」(80歳・男性)
- 「人間が忘れてしまったことが、この本には多くつまっている。人間は自然の一部であり、森と共に暮らし、在るものすべてに精霊が宿り、日々の恵みに感謝する……英国版『もののけ姫』とでもいおうか」(19歳・女性・学生)
- 「主人公のトラクといっしょに旅をして、

魔法以外にもファンタジーがあるんですね」（16歳・女性・高校生）

- 「すごくおもしろくて、次がまちどおしい」（11歳・男子・小学生）
- 「トラクとウルフの絆がうれしい。最後は**泣きました。**
ストーリーも人物も全部が大好き。この本に出会えて本当に幸せって思いました」（17歳・女性・高校生）
- 「想像の世界だけどリアリティに満ちている。
古代、常に生命の危機と背中合わせに生きている人々の日常が手にとるようにわかり、**エキサイトしました。**

翻訳物と思えない著者と一体になった訳もよかった！」（67歳・女性）

(株)評論社　（〒162-0815）東京都新宿区筑土八幡町2−21
電話:03-3260-9401　FAX:03-3260-9408　http://www.hyoronsha.co.jp

ミシェル・ペイヴァー=作　さくま ゆみこ=訳　酒井駒子=画
A5変型版 468ページ　定価1890円（税込）

好評既刊

第1巻『オオカミ族の少年』

兄弟の絆で結ばれた少年と子オオカミが世界をおおう闇に挑む。壮大なスケールのシリーズ、全6巻の幕開け。

A5変型判　432ページ
定価1890円（税込）

続刊にもご期待ください！

第3巻『魂食らい』 第4巻『追放されしもの』 第5巻『大地ゆるがすもの』 第6巻『白いカラス』
（タイトルは仮題）

貸《か》してありますからね」

「どれぐらい広いの？」

「そんなには、ないわ。六十ヘクタールと少しよ」

「げげっ！　すごいね。あした、見に行ける？」

「もちろん」

「おばさんとふたりで？」

「ええ、ソフィーとわたしのふたりぐらいだと思うわ。あなたのお母さんは、体《からだ》をのばして、のんびりしたいでしょうし、お父さんは湖《みずうみ》に行きたいそうよ」

「ネス湖《こ》？」

「いえいえ。ほんのちっぽけな湖《みずうみ》。でも、魚が釣《つ》れるのよ。マシューとマークに釣《つ》りを教えたくてしょうがないんですって。だから、わたしたちふたりは、歩いて牧場《ぼくじょう》へ行って、グラントさんに会《あ》ってきましょうよ」

あくる日の朝ごはんのあと、ふたりは、やくそくどおりのことをしました。

グラントおじさんは、大きくがっしりした人で、グラントおばさんは、小がらな人でしたが、どちらもにこにこやさしそうで、ソフィーは、会《あ》ったとたんにすきになりました。

「ソフィーは、わたしの小《ちい》・小《ちい》めいなのよ」

アルおばさんが、そう言ってしょうかいすると、グラントおばさんは、

「まあ、どことなく似《に》ていらっしゃいますわ、アリスさま。顔かたちではなくて、ふんいきが。きっぱりしてるっていうか……」

「そうかもしれないわ」

それから、アルおばさんは、グラントおじさんにたずねました。

「ラッキーはどう？」

「用意《ようい》できてます」

おじさんは、そう返事《へんじ》して、庭《にわ》をよこぎってどこかへ行きました。

「ラッキーって？」

ソフィーは、アルおばさんに聞きました。

「グラントさんのうちの、むすめさんのものだったのよ。でも、もうその子も大きくなってしまったから、あなたがここにいるあいだ、貸《か》してくださることになったのよ。ほら、ごらんなさい」

見ると、グラントおじさんが、ずんぐりした茶色のポニーを引いてくるではありませんか。まるで、今かきねをおしりからくぐりぬけてきたところ、というようにモジャモジャしたたてがみのポニーです。

にこにこして、ラッキーのわきに立ち、体《からだ》をなでたり、たたいたり、「いい子だね」と、話しかけているソフィー。こうしてならんでいるところを見ると、ラッキーとソフィーは、そっくりです。

「こいつの毛は、モジャモジャですよ、アリスさま。手入れをしないといけませんや。でも、ブラシはかけるなとおっしゃるから……」

グラントおじさんが言いかけると、アルおばさんがつづけました。

「そう、そう言ったわ。もしもソフィーがラッキーに乗《の》りたいと思うなら、自分で手入れをするからって。それでいいわね、ソフィー？」

「それで、いい！」

そうして、グラントさんにたのみました。

「お湯《ゆ》と、根ブラシ、ゴムブラシ、それから毛ブラシを貸《か》してください」

それから、ラッキーのたづなを持《も》って、「すすめ！」と、きっぱりした声で言いつけました。ラッキーは、すぐさましたがいました。

「ほら、思ったとおりだわ」

グラントおばさんが、言いました。

それからしばらくして、グラント家のむすめの乗馬《じょうば》ぼうしを借《か》りたソフィーが、ポニーのラッキーに乗《の》って、バルナクレイグまでもどってきました。アルおばさんは、少し疲《つか》れたからと、ひと足先にグラントさんに車で送《おく》ってもらい、ソフィーのお母さんといっしょに、芝生《しばふ》のいすで休んでいました。

「ほらほら、子ども騎手《きしゅ》がやってきたわ」

と、アルおばさんが言うと、お母さんも、

「元気のいいポニーだわ。毛色はちがうけれど、ソフィーがコーンウォールで乗《の》ったバンブルビーに、よく似《に》てる」

「ラッキーは、ソフィーにぴったりね。グラントさんにたのめば、売ってくれるかもしれないわよ」

アルおばさんのことばに、お母さんは思わずわらって答えました。

「まあ、アルおばさんったら！　ポニーを飼《か》う場所《ばしょ》が、どこにあるんです？だいいち、買うお金《かね》だってないのに」

「さあね。先のことは、わからないものよ」

かなしい知らせ

バルナクレイグですごした八月の十日間《とおか》は、わすれられないものになりました。ソフィーがポニーのラッキーに乗《の》って歩くと、子犬のシッコがついて走ります。黒ネコのオリーもいるし、お天気もばつぐん。景色《けしき》はすばらしい。けれども、何よりうれしかったのは、アルおばさんの家のおてつだいさん、マコッシュ夫人《ふじん》の料理《りょうり》を、たらふく食べたことでした。

マコッシュ夫人《ふじん》は、アルおばさんの家で、ずっとはたらいてきた人だそうです。

「わたしの両親《りょうしん》が生きているころから、台所仕事《だいどころしごと》のてつだいをしてくれていたのよ。まだ小さい子どもだったけれどね。そのうちに、だんだん料理人《りょうりにん》としてすばらしいうでをはっきするようになったの。今じゃあ、家のことも、わたしのことも、何もかもめんどうを見てくれているわ。もう、わたしもわかくないから、エリー・マコッシュがいてくれなかったら、どうしていいか、わからないわ」

と、アルおばさんは言いました。

「マコッシュおじさんは？」

ソフィーが聞くと、

「それがね。あなたにだけ教えるわ。エリーには、だんなさんはいないのよ。つまり、結婚《けっこん》したことがないの。でも、〝マコッシュ夫人《ふじん》〟ってよばれたいんですってさ。そのほうが、うでのいいおてつだいさんらしいから、ですって」

「マコッシュ・フジンのつくるケーキは、すっごくおいしいね。それに、ボウルにのこったクリームを、なめさせてくれるよ」

と、ソフィー。

ソフィーとマコッシュ夫人《ふじん》は、気が合いました。マコッシュ夫人《ふじん》の見かけは、アルおばさんと正はんたい。体《からだ》は大きく、丸々していて、よく日に焼《や》けたまん丸顔。たくましいうでと、がっしりした足。アルおばさんが小鳥だとしたら、マコッシュ夫人《ふじん》は、大きなクマのぬいぐるみのようです。

そのマコッシュ夫人《ふじん》が、ある日、ソフィーに言いました。

「ソフィーちゃん、いいことを教えましょうか。アリスさまは、あなたのお父さんが、だいすきなんですよ。アリスさまのことを気にかけてくれるのは、親《しん》戚《せき》じゅうで、あなたのお父さんぐらいなものですからね。でも、なんといっても、いちばんのお気に入りは、ソフィーちゃん、あなたですよ。だれだって、ひと目見たらわかりますがね」

それを聞いて、ソフィーもうれしくなりました。

「だって、アルおばさんは、あたしのいちばんお気に入りの、大《おお》・大《おお》おばさんだもの」

「大《おお》・大《おお》おばさんは、何人いらっしゃるんですかね？」

「アルおばさんだけ。ねえ、アルおばさんは、百才まで生きるよね？」

「アリスさまが、そうおっしゃいました？」

「そう」


アルおばさんの家に泊《と》まったさいごの日の午後、ソフィーがアルおばさんをさんぽにさそうと、あまり遠くまでじゃなければ、という返事《へんじ》でした。

「疲《つか》れた？」

ソフィーが聞くと、

「少しね」

「あたしたちが泊《と》まりに来たから、疲《つか》れたの？」

すると、アルおばさんは、わらって、

「いいえ。そうじゃないわ」

「牧場《ぼくじょう》まで行ってもいい？　ラッキーにさよならを言いたいの」

牧場《ぼくじょう》に行くと、グラントさんのおじさんとおばさんが、あいさつに出てきました。

「もちろん、いいわよ」

「じゃあ、あしたは帰るんだね？」

と、グラントおじさん。

「そう。帰りたくないな。ラッキーとわかれるのが、いちばんつらい」

と、ソフィー。

「ラッキーも、さびしがるよ。ラッキーは、ソフィーのことがだいすきだから

ね」

ソフィーは、ラッキーのすべすべした鼻《はな》づらをなでました。

「おまえが、あたしのポニーならいいのになあ」

「いつかきっと、自分のポニーが飼《か》えるようになるわ」

アルおばさんが言いました。

「アリスさまのおっしゃるとおり。きっと、そうなりますとも」

グラントおばさんも、言いました。

「あんなすてきな牧場《ぼくじょう》に住《す》めるなんて、いいなあ」

バルナクレイグにもどるとちゅうの道で、ソフィーがつぶやきました。道のわきに置《お》いた、古いいすのところまで来ると、アルおばさんはそこで、ひと休みすることにしました。

「ねえ、ソフィー。いつか、あんな牧場《ぼくじょう》に住《す》みたいと思う?」

アルおばさんが、聞きました。

「住《す》みたいっ! でも、牧場《ぼくじょう》は買えないよね。牧場《ぼくじょう》ちょきんが、うんとたまらないとさ」

と、ソフィー。

「そうかもしれないし、そうじゃないかもしれないわ」

アルおばさんが、言いました。

その日の晩《ばん》ごはんは、マコッシュ夫人《ふじん》が思いっきり料理《りょうり》のうでをふるいました。まず、二ひきのマス料理《りょうり》。一ぴきはマシューが釣《つ》ったマスで、もう一ぴきはマークが釣《つ》ったマスでした。マスは、ふたごの釣《つ》り人《びと》の、はじめてのえもので、もちろん二ひきのマスは、大きさ、重《おも》さとも、そっくり同じでした。

「アルおばさん。おかげさまで、とっても楽しい休日がすごせました」

ソフィーのお父さんが、お礼《れい》を言いました。

「すばらしく、楽しかったわ。ねぇ、みんな?」

お母さんが、子どもたちに声をかけました。

「サイコー!」

ふたごのお兄ちゃんたちは、口いっぱいにごちそうをほおばったまま、そう言いました。ソフィーは、何も言いません。

「ソフィーは、どう？」

ソフィーは、ぽつりと答えました。

「ここに住《す》みたい」

すると、アルおばさんが言いました。

「そうしてくれたら、どんなにいいかしら。マコッシュ夫人《ふじん》も、きっとよろこぶわ。食べさせがいがあるそうよ」

「ざんねんながら、あしたは家に帰らなければ。ねえ、アルおばさん、また近いうちに遊《あそ》びに来てくださいね」

「そうね。そうできたらうれしいわ」

アルおばさんがそう言うと、すかさずソフィーが口をはさみました。

「道はずーっと、下りだから、らくちんだよ！」

つぎの朝早く、ソフィーの一家は車で出発《しゅっぱつ》することになりました。

ソフィーは、さよならがきらいです。だから、自分の番がきたときに、いつものように、あくしゅをしようとしました。ところが、いつのまにか……なぜだかわからないけれど……アルおばさんにとびついて、ほっそりしたおばさんの体《からだ》に、両《りょう》うででしっかりだきついていました。

とうとう出発《しゅっぱつ》のときがきて、バルナクレイグをあとにしました。家の前には、みんなを見送《みおく》る、ふたりの人かげがありました。ひとりは小さくて小鳥のよう。もうひとりは大きくてクマのよう。ふたりとも手をふっています。その足もとでは、黒ネコのオリーが、細い足と太い足に、体《からだ》をすりつけていました。

その二日《ふつか》後。

黒ネコのトムボーイが、同じことをソフィーの足もとで、していました。帰ってきたソフィーを見て、トムボーイはよろこんでいるようでした。白ウサギのビーノも、いつもよりたくさん、鼻《はな》をひくひくさせているようでした。とも

かく、ソフィーには、そう思えました。おとなりさんが、ペットたちのめんどうをよく見てくれたので、ソフィーはほっとしました。

マシューとマークは、もう釣《つ》りなどすっかりわすれたようで、サッカーのことしか頭にありません。新学期《しんがっき》に予定《よてい》しているサッカーの試合《しあい》で、むちゅうです。ソフィーは、自分たちがやるネットボールには、あんまり期待《きたい》していません。いくらいっしょうけんめいがんばっても、ドーンのようにヒョロリと背《せ》の高い子のほうが有利《ゆうり》だと、わかっているからです。

でも、新学期《しんがっき》には、楽しみなこともあります。ようやく中学年になるから、こんどこそジュードーがはじまるのです。でも、ドーンがジュードーをやらないかもしれないのが、ざんねんだけれど。

それから何週間かたったある日、子どもたちの学校がはじまってからのことです。家族《かぞく》がそろって朝ごはんのテーブルをかこんでいるところに、電話が鳴りました。お父さんが立って台所《だいどころ》を出ていき、電話をとりました。

電話は、なかなかおわりませんでした。お父さんがテーブルにもどったときには、子どもたちはもう食べおわっていて、学校のしたくをしに部屋《へや》へ行っていました。


お母さんは、もどってきたお父さんの顔をひと目見て、聞きました。


「どうしたの？」

「マコッシュ夫人《ふじん》からだった。バルナクレイグの」

お父さんは、重《おも》い口をひらきました。

「アルおばさん、具合《ぐあい》がわるいの？」

「うん。『たいへんざんねんなお知らせです』って。マコッシュ夫人《ふじん》は、なんて？」……アルおばさんがゆうべ、亡《な》くなったそうだ」

「えっ！」

「とても、おだやかだったそうだよ。少し疲《つか》れたからと言って、早めにベッドにはいって……。そうして、そのまま亡《な》くなったらしい。くるしまなくてよかった、と思うしかないだろうな……」

「子どもたちに、知らせなくちゃ」

「今は、やめておこう。学校へ行かせて、帰ってから、今夜《こんや》きちんと話すことにしようよ」

そして、夜。そのときがきました。お父さんは、遠まわしに言うようなことはしませんでした。

ソフィーとお兄ちゃんたちは、テレビを見ていました。その番組がおわったとき、お父さんが、テレビを消《け》して、話しはじめました。

「みんな、聞いてほしい。かなしい知らせがあるんだ。アルおばさんが、亡《な》くなった」

子どもたちは、ただ、お父さんの顔を見つめるだけでした。

やがて、マシューが聞きました。

「いつ？」

「ゆうべだ」

マークが聞きました。

「どうして？」

「たぶん、寿命《じゅみょう》だったんだろうね。まだ八十三才になるところだったけど」

「でも、アルおばさん、百才まで生きるって言ってた」

と、ソフィー。

「ソフィー。ざんねんながら、そうはならなかったの」

お母さんが、言いました。

「とてもおだやかだったそうよ。マコッシュ夫人《ふじん》が、そう教えてくれたわ。ねむるように亡《な》くなられたって。だから、あんまりつらく思わないようにしましょうね。アルおばさんも、きっと、みんながあんまり心をいためすぎないように、ねがっていると思うわ」

しばらくのあいだ、子どもたちは、だまりこみました。マシューとマークは、何を言ったらいいのかわからなかったから。ソフィーは、のどに大きなかたまりがつまって、何も言えなかったから。

しばらくして、ソフィーがぼそっとつぶやきました。

「オリーは、どうなる?」

「ああ、きっと、マコッシュ夫人《ふじん》がめんどう見てくれてると思うよ」

お父さんが言いました。

ソフィーは、こっくりうなずきました。それから、立ち上がって、部屋《へや》から出ていきました。とぼとぼと物置《ものおき》のほうへ歩いていくソフィーのすがたが、まどから見えました。

物置《ものおき》の中でソフィーは、大きな白いウサギを前に、立ちつくしていました。

大《おお》・大《おお》おばさんがあたしにプレゼントしてくれた、白ウサギ。

ソフィーは、アルおばさんにさそわれて、この物置《ものおき》まで歩いてきた日のことを、思い出していました。

……「ソフィー、目をつぶって」

「なんで？」

「お楽しみ」

そうして、物置《ものおき》の中にはいると、

「オッケー。もう、見てもいいわ」

目をあけると、そこには白ウサギのビーノがいました。

ビーノを見ているうちに、目の前がぼやけてきました。

グスン、グスン、と二回、鼻《はな》をすすりあげました。

やがてなみだが、あとから、あとから、あとからこみあげて止まらなくなり、ソフィーは、ワーワー泣《な》きました。

バイバイ

つぎの週、ソフィーのお父さんは、もう一度《いちど》車に乗《の》って、スコットランドへむかいました。こんどは、大おばさんのお葬式《そうしき》に出るために。

お母さんと子どもたちは、家にのこることになりました。お母さんとお父さんで話し合って、子どもたちは、学校があるし、往復《おうふく》二千キロにもなる長距《ちょうきょ》離《り》ドライブに連《つ》れていくのはむりだろう、と結論《けつろん》を出したのです。

「それに、帰りにはロンドンに寄《よ》らないといけないんだよ。アルおばさんの弁《べん》護士《ごし》から、連絡《れんらく》をもらっているんでね。遺言《ゆいごん》の件《けん》だそうだ」

そうして、はるばるスコットランドへ行ってきたお父さんが家に帰ったのは、ある晩《ばん》、だいぶおそくなってからのことでした。子どもたちは、もう、ぐっすりねむっています。

お母さんは、お父さんをねぎらって、

「お疲《つか》れさま。どうでした？」

「お葬式《そうしき》のことかい？　ああ、おどろいたよ。あの小さな教会が、人であふれてた。もちろん、マコッシュ夫人《ふじん》もグラントさん夫婦《ふうふ》も来ていたけど、それだけでなくて、村の人たちがたくさん来てくれてた。アルおばさんは、地元のみんなから、すかれていたんだな」

「親戚《しんせき》のかたは、ぜんぜん？」

「ぼくだけだった」

「弁護士《べんごし》さんのところは？」

「ああ、行ってきたよ。その前に、まあ、そのいすに、こしかけて」

「えっ？　どうして？」

「アルおばさんは、マコッシュ夫人《ふじん》にいくらかのお金《かね》をのこした。あとのぜんぶの財産《ざいさん》は、ぼくらにのこしてくれたそうなんだ」

ソフィーのお母さんは、どすんと大きな音をたてて、いすにすわりこみました。

「ぜんぶの……って、バルナクレイグのこと？」

「何もかもだよ。土地、建物《たてもの》、家具《かぐ》、牧場《ぼくじょう》、それからお金《かね》……そうとうな額《がく》だよ。どうやらぼくらの大おばさんは、大金持《おおがねも》ちだったらしい。弁護士《べんごし》の話によれば、アルおばさんは、さいきんになって遺言《ゆいごん》を書きなおしたんだそうだ。それで、うちの子どもたちのために特別規定《とくべつきてい》をつくっておいてくれた。マシューの名前で、ばくだいな額《がく》の信託財産《しんたくざいさん》。とうぜん、それとまったく同じ額《がく》の信託財産《しんたくざいさん》をマークの名前でもね。あの子たちが十八才になったら、受《う》けとるようになっている」

「ソフィーにも？」

「ソフィーには、お金《かね》は一銭《いっせん》もない。そのかわり、もっともっとあの子がよろこぶものがあるよ」

「何？」

「バルナクレイグにある、牧場《ぼくじょう》。ソフィーが十八才になるまでは、グラントさんに牧場《ぼくじょう》を貸《か》しつづけることになっている。そうして十八才になったとき、ソフィーの気持《きも》ちがかわらなければ、あの子のねがいが、かなうことになる」

「〈女牧場《ぼくじょう》マン〉……ね！」

「もしも気持《きも》ちがかわっていたら、そのときは、売ろうが何しようが、あの子の自由《じゆう》だ」

「あの子にかぎって、それはないわ！」

「まだ、言ってないことがあるんだよ。じつは、この遺言《ゆいごん》によって、財産《ざいさん》や何か、子どもたちの分も何もかもふくめて、すべてを受《う》けとるには、ひとつ条件《じょうけん》があるんだ。それは、アルおばさんの屋敷《やしき》を売らないこと。そうして、ぼくたちがスコットランドに行って、あのバルナクレイグに住《す》むこと」

「ええっ！　それは……すてきだわ。でも……」

「でも、なんだい？」

「こっちには、友だちがいるし……子どもたちの学校も……それから、あなたのお仕事《しごと》……」

「友だちは、あっちでもつくれるさ。それに、スコットランドの学校は、とてもひょうばんがいいらしいよ。それから、ぼくの会社だけど、むこうで仕事《しごと》ができるようにしてくれると思う。それがむりなら、べつの仕事《しごと》を考えるさ。どっちにしても、飢《う》え死《じ》にすることはないだろう」

つぎの日、ふたりは、

「引っこそうと思うんだけど」

と、子どもたちに打《う》ち明けました。

「どこに？」

マークが聞きました。

「スコットランド」

「スコットランドのどこ？」

マシューが聞きました。

「高地」

「高地のどこ？」

ソフィーも聞きました。

「バルナクレイグ。アルおばさんが、遺言《ゆいごん》で、あの屋敷《やしき》をぼくらにのこしてくれたんだよ。だから、バルナクレイグは、ぼくらの家になったんだ」

マシューとマークは、こうふんしてギャーギャーわめきだしました。釣《つ》りざおを買わなくちゃな！　スキーをならおうぜ。登山《とざん》もできるぞ。そうだ、ハムデンパークで、サッカーの国際《こくさい》試合《じあい》が見られるよ！　ねえ、ねえ、いつ引っこすの？

それからあとの毎日は、何がどうなったのかわからないほど、やらなければならないことがたくさんありました。それでも、お父さんとお母さんは、つぎつぎにそれをかたづけていき、学期《がっき》がおわった年末《ねんまつ》に引っこすことで、じゅんびはすべてととのいました。

それより前に、ふたごのお兄ちゃんたちは、自分たちがおとなになったら受《う》けとれるように、アルおばさんがお金《かね》をのこしてくれたことを聞かされました。

ふたりは声をそろえて、

「ワァオ！」

それから、マシューが聞きました。

「いくら？」

「たくさんだよ」

マークも聞きました。

「百ポンド？」

「もっと」

つぎに、ふたりそろって、

「ソフィーは？」

「ああ、あの子にも、ちゃんとね」

しばらくたったある日、お母さんとお父さんは、ソフィーに、バルナクレイグに住《す》むことをどう思うか、と聞きました。

「前に言ったでしょ。バルナクレイグに住《す》みたいって。あのうちに住《す》みたくて、住《す》みたくて、しようがないよ。でもね、トムボーイと、ビーノと、シッコを連《つ》れていけないんなら、あたしも行かない」

「もちろん、みんないっしょよ」

「マコッシュ・フジンも、いるの？」

「それは、本人とそうだんしてみないとね。もしかしたら、お仕事《しごと》をやめて、のんびりしたいかもしれないから」

「やめても、オリーを連《つ》れていったら、だめなんだよ。知ってるでしょ、オリーはトムボーイの子どもだもん。オリーは、あたしがアルおばさんにあげたんだから。だから、アルおばさんだって、あたしにオリーを飼《か》ってほしいと思ってるよ、きっと。ね、あたしがオリーを飼《か》ってもいいでしょ？」

「あなたが、そうしたいならね」

「それから、ラッキーにも乗《の》れる？」

「グラントさんが、いいと言ってくれればね」

「オッケー。それなら、あたしも引っこすよ」


ようやく、引っこしのじゅんびが、すべてととのいました。今まで住《す》んでいた家の買い手も見つかり、持《も》っていく荷物《にもつ》もぜんぶ、まとまりました。子どもたちは、バルナクレイグの近くの学校に通うことに、決《き》まりました。

「なかよしの友だちとさよならするのは、さびしいかもしれないけれど、すぐに新しい友だちができるわよ。それでもやっぱり、もう会《あ》えないと思うとかなしくなる、そんな友だちもいるんじゃない？」

お母さんが、ソフィーに話しかけました。

「ドーンはへいき。ダンカンもだいじょうぶ」

ソフィーが言うと、

「アンドリューはどうなの？　婚約《こんやく》してるんでしょ？」

「遊《あそ》びに来ればいいよ」

「ちょっと遠いからねぇ。来たくないかもしれないわよ」

「来るよ。あした、アンドリューの家にお茶に行くから、そう言っとくよ」

「あら、学期《がっき》のさいごだっていうのに？　アンドリューのママが、しょうたいしてくれたの？」

「まだだけど、そうなる。あした、アンドリューに、ママにたのんでって言うから」

つぎの日、ソフィーは、そのとおりにしました。

それで、アンドリューも、そのとおりにしました。

ソフィーがアンドリューの家の牧場《ぼくじょう》に行くと、アンドリューのパパとママが、バルナクレイグのことをいろいろ聞きたがりました。

お茶をごちそうになってからあとは、アンドリューは、テレビのスポーツ番組のほうが、気になるようでした。アンドリューは、自分の婚約者《こんやくしゃ》が、千キロもはなれた遠くへ行こうとしていることを、なんとも思っていないかのようで、あいかわらず気のない返事《へんじ》をくりかえしています。

「来年《らいねん》になったら、スコットランドに泊《と》まりに来てね」

「ああ、いいよ」

「おこづかいをちょきんしておかないと、だめだからね」

「なんで？」

「結婚《けっこん》してから、ちゃんとした暮《く》らしをするために決《き》まってるでしょ」

「ああ、いいよ」

ソフィーのお母さんがむかえに来たときも、アンドリューはテレビにくぎづけになっていました。

「アンドリュー！　ソフィーが帰っちゃうわよ。おわかれを言わないと！」

しょうらいの結婚《けっこん》をやくそくしている小さなカップルは、玄関《げんかん》ドアの前で、むかい合いました。

「ソフィーが行ってしまうと、さびしいわね。そうでしょ、アンドリュー？」

ママに言われて、アンドリューは、こくんとうなずいて、

「バイバイ」

アンドリューが、テレビに気をとられていることは、はっきりしていました。

「あたしが言ったこと、わすれないでね」

ソフィーが言うと、

「なんだっけ？」

「おこづかいだよ。ちょきんのこと。わかってるでしょ」

「ああ、いいよ」

「アンドリューはねえ、ちょっとチューチューリョクがないんだよ」

帰り道、ソフィーがお母さんに言いました。

「〝集中力《しゅうちゅうりょく》〟のこと？」

「つまり、あたしの言うこと、ちゃんと聞いてないみたい」

「それじゃあ、結婚《けっこん》は、考えなおしたほうがいいかもしれないわね」

「そうだねぇ。おとなになっても、おじさんの牧場《ぼくじょう》をゆずってもらえないならね」

「こんな考えかたもあるわよ。おとなになって、あなたがなんとかして、自分自身《じしん》の牧場《ぼくじょう》を手に入れるとかね」

「うーん……。そうしたら、アンドリューと結婚《けっこん》しなくてもいいよ。それなら、あたしは〈女牧場《ぼくじょう》マン〉になれるもんね」

「そうよ。あのね、あなたは、お兄ちゃんたちから何も聞いていないだろうけど、アルおばさんは、お兄ちゃんたちに、お金《かね》をたくさんのこしてくださったのよ」

へえ、あたしじゃなく、お兄ちゃんたちに？　アルおばさんは、あたしには牧場《ぼくじょう》ちょきんがひつようだってこと、よく知ってたのに、どうしてだろう？

ソフィーは、ふしぎに思いました。

「あなたにも、だいじなものをのこしてくださったわ。おとなになったら、もらえるようにって」

「何を？」

「バルナクレイグの、牧場《ぼくじょう》よ」

ソフィーのねがい

クリスマスの日――つまり、ソフィーの八才のたんじょう日でもある日のこと、子どもたちは三人とも、ほんのちょっとしたプレゼントしか、もらえませんでした。それでも、三人はへいきでした。なぜなら、スコットランドへの引っこしが、その週のうちにせまっているから。みんなへのすてきなプレゼントも、あっちで待《ま》っている、と聞いていたからです。

お父さんは、こう言いました。

「今年《ことし》のプレゼントはとくべつだ。バルナクレイグへの引っこし祝《いわ》いだからな。あんなプレゼントを、いつももらえると思わないでくれよ」

ソフィーの一家が長い旅《たび》をおえて、新しい家についたときは、ずいぶんおそい時間になっていました。家族《かぞく》ぜんいんが、くたくた。まるで疲《つか》れきった犬のように、体《からだ》をひきずっていました。子犬のシッコも、同じです。

バルナクレイグにずっといてくれることになった、マコッシュ夫人《ふじん》が用意《ようい》してくれた食事《しょくじ》をすますと、子どもたちはすぐに寝《ね》かされました。三人は、とくべつすてきなプレゼントを、どうしても見せてほしいと、さんざんたのみましたが、ゆるしてもらえませんでした。

「今夜《こんや》は、だめ。あしたの朝、ごはんを食べたらね。やくそくする」

お母さんとお父さんは、そう言いました。

ソフィーは、新しく自分の部屋《へや》になったベッドにはいりました。アルおばさんが元気だったときに、泊《と》まった部屋《へや》です。そうして、かべにかざったばかりの四まいの絵をながめました。メウシのハナコ、メンドリのエイプリルとメイ、ブタのハシカ、シェトランドポニーのチビ。

疲《つか》れて、今にもねむりに落《お》ちそうになりながら、ソフィーは、ペットたちのことを考えていました。子犬のシッコは、台所《だいどころ》の寝床《ねどこ》の中。ウサギのビーノの小屋《こや》は、うまやの中。前の家のおんぼろ物置《ものおき》より、ずっとあったかくて、いごこちがいいよ。それから、黒ネコのトムボーイは……そう、今ごろはむすこのオリーが、家じゅうをあんないしてくれているよ。

みんな、オッケーだね。

つぎの日の朝、ごはんを食べおわったあと、ソフィーのお父さんが言いました。

「さあ、みんなに、ちょっとおくれたクリスマスプレゼントをわたそう。ソフィー、おまえのは、クリスマスプレゼントと、たんじょう日プレゼントを合わせたプレゼントだ」

「どこにあるの？」

「馬小屋《ごや》に置《お》いてあるわ。あわててとびださないで。みんなで行きましょう」

と、お母さん。

お母さん、お父さん、ふたごのお兄ちゃんたち、ソフィー、みんなで馬小屋《ごや》まで歩きました。入り口をはいってすぐのところに、新品《しんぴん》のマウンテンバイクが二台ありました。一台は赤。もう一台は青。

「赤いのが、マシューので」

お父さんが言うと、

「青いのが、マークのよ」

お母さんも言いました。

「スッゲー！　ありがとう、ありがとう、百万回もありがとう！」

ふたりは、大声でそうさけぶと、マウンテンバイクのハンドルをにぎって、とびだして行きました。

ソフィーは、まわりを見ましたが、あとはもう、プレゼントらしいものなどありません。

そのとき、ならんだ仕切《しき》りのおくのほうで、かすかな物音《ものおと》が聞こえたようでした。今はもう、バルナクレイグには馬なんて一頭もいないけれど（牧場《ぼくじょう》にいるポニーのラッキーはべつとして）、まるで、小石をしいた床《ゆか》をふみしめる、ひづめの音のよう……。

ソフィーが、お母さんとお父さんの顔を見上げると、ふたりはわらっていります。

「ソフィーのプレゼントは、とくべつの、とくべつだ」

と、お父さんが言い、

「クリスマスプレゼントと、たんじょう日プレゼントを合わせたプレゼントですものね」

と、お母さんが言って、あとは、ふたりいっしょに言いました。

「おくへ行ってみてごらん」

ソフィーは、馬小屋《ごや》の中をとことこ歩いて、いちばんおくの仕切《しき》りまで行きました。〝フリスク〟と、名前が書いてあるところ。そこに、ポニーのラッキーが立っていました。

「ラッキー、どうしたの？　なんで牧場《ぼくじょう》じゃなくて、ここにいるの？」

ソフィーが聞くと、

「牧場《ぼくじょう》から、引っこしたからよ」

と、お母さん。

「グラントさんから、買いとったからだよ」

と、お父さん。

「あたし、に？」

「そう、おまえに。おまえのポニーだ」

ソフィーは、「わあーい」と言いませんでした。それどころか、ひと言も、口がきけませんでした。

ようやく出たのは、みょうにかすれた声でした。

「お母さん、ありがと。お父さん、ありがと」

それだけ言って、ふたりをかるく、ぽんぽんとたたきました。それから、ラッキーのそばへ行って、同じようにかるく、ぽんぽんとたたきました。

「また、会《あ》えたね」

ソフィーは、ラッキーの首に両手《りょうて》をまきつけて、ぎゅっとだきつきました。

そうして、お母さんとお父さんを見て、にっこり。

「うれしい？」

ふたりに聞かれて、ソフィーは言いました。

「うれしすぎる。今までのジンセイで、いちばんうれしいよ！」

おわり

訳者《やくしゃ》あとがき

「ソフィーちゃん、大きくなりましたね！」

このシリーズをつづけているあいだ、何人もの方から、そんなことばをいただきました。ほんとうに、大きくなりました。一冊《さつ》めの『ソフィーとカタツムリ』ではほんの四才だったソフィーが、二冊《さつ》め、三冊《さつ》めとぐんぐん成長して、パワーアップ。最後の六冊《さつ》め『ソフィーのねがい』では、八才の誕生日《たんじょうび》をむかえるのですから！

ソフィーが大きくなるとともにペットのほうも増《ふ》えつづけ、はじめはダンゴムシやゲジゲジやカタツムリだったのに、ネコ、ウサギ、子犬、そしてしまいには……いやいや、それは読んでからのお楽しみ。

それにしても、物語の中の主人公とわかっていても、まるで近所の子のように、「まあ、ずいぶん大きくなって！」と思わせてしまうのが、ディック・キング＝スミスの偉《い》大《だい》さでしょう。

作者のディック・キング＝スミスは、イギリスの南西部、グロスターシャーで生まれ育ち、今も、生家からあまり遠くないエイヴォン州ブリストル近郊《きんこう》で暮《く》らしています。現在《げんざい》の住まいは、十七世紀の建築《けんちく》だそうです。

一九二二年に生まれ、第二次世界大戦では近衛歩兵連隊中尉《このえほへいれんたいちゅうい》。戦後二十年ほど牧場をいとなんでいましたが、出費がかさんで撤退《てったい》。猛《もう》勉強して五十三才で教師《きょうし》になり、七年間小学校の教壇《きょうだん》に立ちました。そのころから作品を書きはじめたのです。

以来、百冊《さつ》以上の作品を書き、子どもたち（おとなも）から絶大《ぜつだい》な人気を得ています。なかでも、映画《えいが》で有名な「ベイブ」の原作『子ブタ シープピッグ』（評論社）では一九八四年度〈ガーディアン賞〉を受賞、一九九一年度には〈チルドレンズ・オーサー・オブ・ジ・イヤー〉の称号《しょうごう》にかがやき、『野ウサギは魔法《まほう》使い』（講談社）では一九九五年度〈チャイルド・ブック賞〉を受賞しています。日本での人気もたいへんなもので、この十数年のあいだに、八つの出版社《しゅっぱんしゃ》から合計三十冊《さつ》近い作品が出ています。『ゴッドハンガーの森』（講談社）は、第45回〈課題図書〉にもなりました。

動物が大好き（とくにブタが好き）なディック・キング＝スミスの作品には、動物を主人公にしたものが目立つなかで、このソフィーのシリーズの主人公はめずらしく〝人間の〟女の子です。ファンのみなさんのなかには、「おや？」と思われた方も多いかもしれません。でも、〝人間〟はとくべつな存在《そんざい》でなく、動物のなかま。作者の意識《いしき》では、人間の子と動物は、まったく並列《へいれつ》なのでしょう。

ソフィーの話にもどります。ディック・キング゠スミスによると、ソフィーのモデルは、作者が若《わか》いころに出会った女の子だそうです。「小さいけれど、一度決めたらやりぬく女の子。動物が大好きで、大きくなったら牧場マンか獣医《じゅうい》と結婚《けっこん》するんだと、まわりじゅうに言っていた」ということです。

この物語に登場する重要な人物「アルおばさん」にも、実在《じつざい》のモデルがいました。作者自身の大叔母《おおおば》にあたるアルおばさんのすがたを、名前ごとそっくり借りたのだそうです。この方は九十四才まで生きておられましたが、彼女《かのじょ》の父親（ディック・キング゠スミス自身の曽祖父《そうそふ》）はもっと長生きで、享年《きょうねん》百二才だそうです。と、いうわけで、どうやらキング゠スミス家は長生きの家系のようですから、今後も、まだまだすばらしい作品が期待できそうですね。

ソフィーがたびたび口にする悪口は、作者の息子《むすこ》さんの四、五才ごろの口ぐせ。だれかに腹《はら》をたてるたびに、“You're mowldy, stupid, and assive”ということばを、ぶつけていたそうです。日本語版《ばん》の「ワカランチンのアンポンタンの……」は、自然にうかんできたのですが、さあ、だれの口ぐせだったでしょう？　とうに亡《な》くなった、明治生まれの、わたしの祖母《そぼ》のことばかもしれません。

翻訳《ほんやく》に際《さい》しての難問《なんもん》に、determinedということばがありました。ディック・キング＝スミスがこう表現《ひょうげん》したソフィーの特徴《とくちょう》を、日本語でどう伝えたらよいでしょう？――「かたく決心した」、「決然とした」、「断固《だんこ》とした」、「きっぱりした」――四才の子どものようすをあらわすのに、どのことばも最適《さいてき》とは思えませんでした。

さんざん考えた末、「一度決めたらやりぬく」としました。それでもまだ、少し強すぎる気がしています。「あきらめずに、ねがいつづける」――そんなニュアンスが伝えられればよいのですが（よけいなことかもしれませんが、読者のみなさん、世の中には、「やりぬかず」、「がんばらない」ほうが、ずっと勇気がいる場合だって、たくさんありますからね！）。

一冊《さつ》めの本を訳《やく》しはじめたときには、正直《しょうじき》言って、ソフィーを少々もてあましていました。「どうにも可愛《かわい》げがない。乱暴《らんぼう》だし、オス・メスにばっかりこだわっている変な子。しかも、そのまま日本語にできない〝ことば遊び〟が多くて、まったくまいっちゃうなあ……」――そんな気の重い日々でした。

ところが、ソフィーの健気《けなげ》さに惹《ひ》かれはじめ、可愛《かわい》らしく思えてきたら、仕事もはかどりだし、ソフィーの言いまちがいや、トムボーイとのおしゃべりを考えるのが楽しくなってきました。最後の六冊《さつ》めを訳《やく》しおわるときには、これでお別れかと、たまらなくさびしくなったほどです。今では、わたしもソフィーのように、あきらめずにねがいを持ちつづけて暮《く》らし、年をとったらアルおばさんのような存在《そんざい》になりたい……そう思っています。

最後に、六冊《さつ》とも初期の原稿《げんこう》の段階《だんかい》で目を通し、幼児《ようじ》教育の現場《げんば》の経験《けいけん》から適切《てきせつ》な助言をくださった友人の増田悦子さんに感謝《かんしゃ》します。また、シリーズがとどこおりなく完結の日をむかえられたのは、評論社編集部・吉村弘幸氏の伴走《ばんそう》のおかげです。

そして、いっしょにソフィーを育ててくださった読者のみなさん、みんなみんな、カンシャカンペキです！

二〇〇五年六月

石随《いしずい》じゅん

著者：ディック・キング＝スミス Dick King-Smith

1922年、イギリスのグロスターシャー生まれ。第二次世界大戦にイギリス陸軍の将校として従軍し、戦後は長い間、農業に従事。50歳を過ぎてから教育学の学位を取り、小学校の教師となる。その頃から童話を発表しはじめ、60歳になった1982年以後は執筆活動に専念している。主な邦訳作品に、ガーディアン賞受賞の『子ブタ シープピッグ』、『飛んだ子ブタ ダッギィ』『女王の鼻』『ソフィーとカタツムリ』（以上、評論社）、『かしこいブタのロリポップ』（アリス館）、『奇跡の子』（講談社）、『魔法のスリッパ』（あすなろ書房）などがある。

画家：デイヴィッド・パーキンズ David Parkins

イギリスのイラストレーター。ディック・キング＝スミスの『パディーの黄金のつぼ』『みにくいガチョウの子』（ともに岩波書店）などに挿画を描いているほか、絵本『チックタック』（E・ブラウン文／評論社）も出版している。

訳者：石随じゅん（いしずい・じゅん）

1951年、横浜市生まれ。明治大学文学部卒業。公立図書館に勤務ののち、主に児童文学の翻訳に携わる。訳書に『ソフィーとカタツムリ』など。

■評論社の児童図書館・文学の部屋

ソフィーのねがい

二〇〇五年七月二〇日　初版発行
二〇〇六年五月三〇日　二刷発行

●――著　者　ディック・キング＝スミス
●――画　家　デイヴィッド・パーキンズ
●――翻訳者　石随《いしずい》じゅん
●――発行者　竹下晴信
●――発行所　株式会社評論社
〒162-0815　東京都新宿区筑土八幡町二-二一
電話　営業　〇三-三二六〇-九四〇九
　　　編集　〇三-三二六〇-九四〇三
振替　〇〇一八〇-一-七二九四
●――印刷所　凸版印刷株式会社
●――製本所　凸版印刷株式会社

ISBN4-566-01335-9　NDC933　150p.　201㎜×150㎜
http://www.hyoronsha.co.jp

やりぬく女の子ソフィーの物語

D・キング＝スミス 作／D・パーキンズ 絵／石随じゅん 訳

ソフィーとカタツムリ

ソフィーは四才。生き物がだいすき。しょうらいは〈女牧場マン〉になるつもり。心やさしく、しっかり者、決めたことはやりぬく女の子を、きっと応援したくなりますよ。

123ページ

ソフィーと黒ネコ

五才になったソフィーは、黒ネコを飼いたくてたまりません。だけど、お父さんが……。そこで、だいすきなアルおばさんとそうだん。ところが、その黒ネコときたら……。

139ページ

ソフィーは子犬もすき

黒ネコのほかに、アルおばさんから大きな白ウサギをプレゼントされて、ソフィーはしあわせ。でも、友だちのアンドリューの家にテリアの子犬がうまれたと聞いて……。

157ページ

ソフィーは乗馬がとくい

六才の夏休み、一家で海へ。しかも、牧場に泊まることになったので、ソフィーは大よろこび。牧場には、ヒツジやメウシやへんなブタがいて、それに、ポニーもいました！

125ページ

ソフィーのさくせん

学校では牧場の勉強、遠足でも牧場に行き、七才になってからは乗馬のレッスンも開始。一歩一歩〈女牧場マン〉に近づくソフィーが考えた、次のぎょうてんさくせんとは？

157ページ

ソフィーのねがい

アルおばさんの〝高地のてっぺん〟の家にはじめて行ったソフィーは、びっくり。おばさんて〈女牧場マン〉？　物語の意外な進み方に、ソフィーのねがいは、どうなるの？

150ページ